Charles Dickens

PARA TODOS

© Sweet Cherry Publishing

A Christmas Carol. Baseado na história original de Charles Dickens, adaptada por Philip Gooden. Sweet Cherry Publishing, Reino Unido, 2022.

Dados Internacionais de Catalogação na Publicação (CIP)
Angélica Ilacqua CRB-8/7057

Gooden, Philip

Uma canção de natal / baseado na história original de Charles Dickens, adaptação de Philip Gooden ; tradução de Ana Paula de Deus Uchoa ; ilustrações de Pipi Sposito. -– Barueri, SP : Amora, 2022.
96 p. : il.

ISBN 978-65-5530-438-1
Título original: A christmas carol

1. Literatura infantojuvenil inglesa I. Título II. Dickens, Charles, 1812-1870 III. Sposito, Pipi

22-4827   CDD 028.5

Índices para catálogo sistemático:
1. Literatura infantojuvenil inglesa

1ª edição

Amora, um selo editorial da Girassol Brasil Edições Eireli
Av. Copacabana, 325, Sala 1301
Alphaville – Barueri – SP – 06472-001
leitor@girassolbrasil.com.br
www.girassolbrasil.com.br

Direção editorial: Karine Gonçalves Pansa
Coordenação editorial: Carolina Cespedes
Tradução: Ana Paula de Deus Uchoa
Edição: Mônica Fleisher Alves
Assistente editorial: Laura Camanho
Design da capa: Pipi Sposito e Margot Reverdiau
Ilustrações: Pipi Sposito
Diagramação: Deborah Takaishi
Montagem de capa: Patricia Girotto
Audiolivro: Fundação Dorina Nowill para Cegos

Impresso no Brasil

UMA CANÇÃO DE NATAL

Charles Dickens

amora

O Fantasma de Marley

Vamos começar do começo: Marley estava morto. Não havia dúvida sobre isso. Sim, o velho Marley estava morto e enterrado.

Ebenezer Scrooge e Jacob Marley foram sócios por muitos anos. Scrooge era seu único amigo e a única pessoa em seu funeral – além do padre, claro. No entanto, Scrooge não ficou muito chateado com aquele triste evento. Até trabalhar no dia do funeral de Marley ele foi.

Veja você: Scrooge era um sujeito muito ganancioso! Os negócios estavam sempre em primeiro lugar. Ele era duro e grosseiro como uma pedra bruta, e frio também. Mesmo nos dias mais quentes de verão, seu olhar provocava calafrios na espinha.

Era véspera de Natal, e o velho Scrooge estava ocupado em seu escritório. O dia estava frio, com neblina. Mesmo assim, Scrooge deixou a porta aberta porque precisava ficar de olho em seu secretário, que copiava cartas sentado em uma pequena sala afastada.

A sala de Scrooge tinha uma pequena lareira, cujo fogo mal aquecia suas próprias paredes. O secretário, que se chamava Bob Cratchit, usava um cachecol de lã branco e tentava se aquecer com a chama de uma vela. Mas não conseguia.

— Feliz Natal, tio! – gritou uma voz animada. Era Fred, o sobrinho de Scrooge.

— Ah! – disse Scrooge. – Que bobagem!

— Não fique zangado, tio!

— Se dependesse de mim, – disse Scrooge – todo idiota que anda com um "Feliz Natal" nos lábios seria cozido como um pudim e enterrado com uma estaca atravessada no coração.

— Não se irrite, tio – disse Fred. – Venha jantar conosco amanhã.

Scrooge disse que gostaria de ver o sobrinho em... Bem, em um lugar que prefiro não citar. Apesar de tudo, Fred permaneceu alegre. O rapaz desejou "Feliz Natal" ao tio e ao secretário ao deixar o escritório.

A última hora de trabalho passou de forma muito lenta. Finalmente, Scrooge sinalizou ao secretário que era hora de parar. Num instante, Bob Cratchit apagou a vela e colocou o chapéu.

— Você vai querer o dia todo de folga amanhã, imagino — disse Scrooge. O dia seguinte era Natal.

— Se for conveniente, senhor — respondeu Bob Cratchit.

— Conveniente não é — Scrooge retrucou. — Mas suponho que você deva ter o dia inteiro de folga. Esteja aqui mais cedo depois de amanhã.

Ebenezer Scrooge morava em
uma casa triste e escura. Ela ficava
escondida em um quintal, longe
da rua. O quintal era tão escuro
e enevoado que até Scrooge, que
conhecia cada pedacinho do caminho,
tinha que tatear ao redor para
encontrar a porta.

Scrooge raramente se lembrava
de Jacob Marley, seu parceiro de
negócios morto havia sete anos. Por
que então naquele dia, Scrooge, com a
chave na mão, viu o batedor da porta
se transformar no rosto de Jacob
Marley?

O rosto não estava zangado ou furioso. Ele olhava para Scrooge do mesmo jeito que Marley costumava fazer, com os olhos bem abertos. O cabelo se mexia levemente, como se soprasse uma brisa que não havia lá.

O sangue de Scrooge gelou. Mas ele colocou a chave no buraco da fechadura, girou com firmeza, entrou e acendeu uma vela. Bem alto, ele gritou:

— Ah! Que bobagem!

Scrooge subiu as escadas quase às escuras. Ao chegar ao quarto, fechou a porta e girou a chave duas vezes. Depois, olhou debaixo da mesa, da poltrona e dentro dos armários.

Quando teve certeza de que estava sozinho, Scrooge vestiu seu roupão, pantufas e um gorro de dormir, e sentou-se diante de uma pequena lareira. Acima dela, havia uma campainha. Scrooge não tinha nenhum criado, por isso ficou muito surpreso quando a campainha começou a tocar... sozinha.

Do andar de baixo veio um som metálico, como se alguém estivesse arrastando uma corrente pesada. O barulho passou pelas escadas e parou do lado de fora da porta.

Clang!

— Bobagem! – disse Scrooge. – Não vou acreditar.

Clang!

Clang!

A cor do rosto de Scrooge sumiu. Uma figura estava entrando pela

porta, sem sequer abri-la. Enquanto a aparição surgia, a chama moribunda da lareira saltou, como se gritasse "Eu o conheço! É o fantasma de Marley!".

Os olhos do fantasma eram frios como a morte.

Havia uma espécie de faixa enrolada ao redor da sua cabeça e do seu queixo. A corrente que ele arrastava estava amarrada à sua cintura. Ela era comprida e seguia enrolada pelo corpo como uma cauda. E dela pendiam cofres, chaves e cadeados, livros de contabilidade e carteiras e pastas de aço pesadas.

Seu corpo era transparente. Scrooge olhou para o colete de Marley e pôde ver a porta atrás dele.

— O que você quer comigo? – disse Scrooge, com a voz ligeiramente agitada.

— Um bom negócio!

Era a voz de Marley, sem dúvida.

— Por que está usando uma corrente? – perguntou Scrooge, agora tremendo.

— Uso a corrente que criei durante a vida – disse o fantasma. – Ela é feita das coisas que eram importantes para mim. Não pessoas, bondade ou perdão, mas cofres, carteiras, pastas e livros de contabilidade. É terrível. Você está usando uma corrente semelhante, Ebenezer Scrooge, embora não possa vê-la.

Scrooge caiu de joelhos e cobriu o rosto com as mãos.

— O que devo fazer? – lamentou.

— Estou aqui para te advertir. Você ainda tem uma chance e a esperança de escapar de um destino igual ao meu. Uma chance e a esperança que consegui para você, Ebenezer.

— Você sempre foi um bom amigo para mim – disse Scrooge.

— Você será assombrado – disse o fantasma – por três espíritos. Aguarde o primeiro deles amanhã, na madrugada, quando o sino tocar a primeira hora.

O fantasma se afastou de Scrooge. A cada passo que ele dava, a janela do

quarto se abria um pouco. Quando a alcançou, ela estava escancarada.

Depois que o fantasma desapareceu, Scrooge fechou a janela e examinou a porta pela qual ele havia entrado. Ela permanecia trancada com duas voltas da chave, os ferrolhos estavam intactos. Ele tentou dizer "*Bobagem!*", mas não conseguiu ir além de um "*Hum*".

Seja por causa do dia de trabalho, das palavras severas do fantasma ou simplesmente porque era tarde, Ebenezer Scrooge sentiu grande necessidade de descansar. Foi direto para sua cama, puxou as cortinas e, sem se trocar, adormeceu imediatamente.

O Primeiro dos Três Espíritos

Quando acordou, Scrooge esqueceu por um momento tudo o que havia acontecido. Então, ele ouviu o sino de uma igreja próxima batendo as horas.

Blem!

Uma badalada e nada mais.

Uma hora da manhã.

A hora exata que o fantasma de Marley tinha previsto...

Houve uma inesperada explosão de luz ao lado da cama.

As cortinas que a cercavam foram puxadas para o lado.

Scrooge sentou-se e se viu cara a cara com um visitante sobrenatural. Ele era do tamanho de uma criança pequena e tinha um rosto liso e sem rugas. No entanto, seus cabelos, que

desciam pelas costas, eram brancos como os de uma velha senhora.

— Quem é você? – perguntou Scrooge.

— Eu sou o Espírito do Natal Passado – disse o espírito com uma voz suave. – Levante-se e venha comigo.

O espírito o pegou gentilmente pela mão. Para espanto de Scrooge, eles passaram pela parede do quarto e, momentos depois, estavam parados em uma estrada aberta. Era um dia claro de inverno. A neve fresca cobria o chão.

— Meu Deus! – exclamou Scrooge. – Fui criado neste lugar. Eu era menino quando vivi aqui!

Eles caminharam pela estrada. Scrooge conhecia cada portão, cada poste e cada árvore. Uma cidadezinha apareceu ao longe, com uma ponte, uma igreja e um rio sinuoso.

Scrooge e o fantasma viraram por uma travessa e chegaram a uma mansão de tijolos vermelhos. Ele se lembrava bem dela. Os dois atravessaram a parede sólida para uma sala vazia. Lá, viram um menino lendo perto de uma pequena lareira.

Scrooge ficou surpreso ao se reconhecer. Era ele quando menino, deixado sozinho no Natal. Mas não completamente sozinho. Uma menina entrou na sala e disse:

— Eu vim levar você para casa, irmão querido!

— Pobre Fan – disse Scrooge, observando a irmã e o seu eu mais jovem subirem na carruagem que os levaria para casa. – Ela morreu jovem.

— Mas ela não teve um filho antes de morrer? – perguntou o fantasma.

— Sim, meu sobrinho Fred — disse Scrooge, sentindo pena de ter recusado o convite do rapaz para o jantar de Natal. Ele tinha sido tão rude.

A cena mudou. O espírito levou Scrooge pelas ruas da cidade, onde as lojas estavam iluminadas para o Natal. Eles finalmente pararam na porta de um armazém.

— Você conhece este lugar? – perguntou o fantasma.

— Se eu conheço? Fui aprendiz aqui. Trabalhei para o proprietário, o sr. Fezziwig. Aprendi a negociar e outras coisas mais com ele.

Novamente, eles deslizaram para dentro do local sem abrir a porta. Scrooge viu seu eu mais jovem. Ele estava com outro aprendiz, chamado Richard Wilkins.

De alguma forma, era véspera de Natal de novo. O velho Scrooge viu o sr. Fezziwig – sempre alegre e generoso – fechar a loja mais cedo. Ele convidou os jovens para se juntarem à sua família e vizinhos nas celebrações de Natal.

Havia um violinista tocando. Havia dança, conversa e risos. Havia carne assada, torta de carne moída e vinho quente. Scrooge ficou perplexo com aquela visão, o som e o encanto de tudo aquilo.

Ele se lembrou de como havia tratado seu secretário, Bob Cratchit, mais cedo naquele dia. Mas seus pensamentos foram interrompidos quando o espírito disse:

— Meu tempo é curto. Vamos!

A cena mudou novamente para mostrar Ebenezer Scrooge, um pouco mais velho agora, com uma linda jovem. Os olhos dela brilhavam, cheios de lágrimas. Eles estavam sentados lado a lado, mas era como se houvesse uma parede invisível entre os dois.

O velho Scrooge sabia exatamente o que estava prestes a acontecer.

O jovem Scrooge perguntou à jovem:

— O que aconteceu entre nós, Belle?

— Você só pensa em dinheiro.

— Dinheiro tráz segurança – protestou o jovem Scrooge.

— Você não é o mesmo homem de quando éramos jovens e pobres – disse Belle. – Já não consigo mais fazer você feliz. Só o dinheiro consegue. Espero que fique feliz com a vida que escolheu!

A jovem se levantou e saiu do quarto.

— Com certeza já vi o suficiente, espírito – disse o velho Scrooge. – Não me atormente mais.

— Só mais uma cena – disse o fantasma.

E eles se viram convidados invisíveis em uma casa diferente, observando uma mãe sentada perto da lareira. Scrooge a reconheceu. Ela estava mais velha, mas ainda era bonita. As crianças brincavam e corriam ao redor dela. Um homem entrou na sala, carregado de brinquedos e presentes. Era Natal outra vez!

As crianças gritaram de alegria ao ver o pai e os presentes. Ele também se sentou perto da lareira.

— Belle – disse o marido, virando-se para ela com um sorriso. – Vi um velho amigo seu nesta tarde.

— Quem?

— O sr. Scrooge. Passei pelo escritório dele e ele estava lá, sozinho. Acho que ele é sozinho no mundo.

— Espírito – disse o velho Scrooge ao fantasma. – Tire-me daqui. Não aguento mais isso.

De repente, Scrooge se viu
sozinho e de volta ao próprio quarto.
Estava exausto de sua viagem
fantasmagórica e cheio de tristeza e
arrependimento. Ele mal teve tempo
de cambalear até a cama antes de
cair em um sono pesado.

O Segundo dos Três Espíritos

Quando Ebenezer Scrooge acordou, algo estranho estava acontecendo. Na verdade, duas coisas estranhas.

O relógio da igreja batia.

Blem!

Uma batida.

Uma hora da manhã.

Novamente.

Era como se ele tivesse voltado mesmo no tempo.

E mais uma vez apareceu uma luz do lado de fora das cortinas de sua cama. Desta vez, foi um brilho quente.

Scrooge saiu da cama. A luz vinha do quarto ao lado. Era de uma chama, uma chama maior e mais quente do que a lareira jamais tinha produzido. As paredes estavam cobertas de folhas frescas de azevinho, visco e hera. Amontoados por toda parte, havia perus, gansos, galinhas, longas fileiras de salsichas, tortas de carne moída, pudins de ameixa, castanhas brilhantes, maçãs vermelhas, laranjas suculentas, peras deliciosas e tigelas fumegantes de vinho quente.

Em meio a tudo isso, havia um gigante alegre, vestindo um manto verde.

— Eu sou o Espírito do Natal Presente – disse o fantasma.

A essa altura, Scrooge já sabia o que esperar. Quando o espírito lhe disse para agarrar o manto verde, ele obedeceu.

Em seguida, viu-se em uma rua coberta de neve. Era dia, e as pessoas se divertiam limpando a neve do caminho.

O clima natalino estava no ar.

Eles passaram por vitrines cheias de todo tipo de comidas e bebidas deliciosas, incluindo maçãs e amêndoas, pão assado, canela e café. E logo estavam do lado de fora da casinha do secretário de Scrooge, Bob Cratchit.

Scrooge e o Espírito do Natal Presente passaram silenciosamente pela porta fechada. Eles ficaram em um canto observando a sra. Cratchit e sua família preparando o jantar de Natal. Era um ganso com recheio de sálvia e cebola. E um pudim de Natal assava no forno.

Quando a comida estava quase pronta, Bob Cratchit voltou da igreja.

Ele carregava seu filho, Tiny Tim, nas costas. Tim mal conseguia andar, mesmo com a ajuda da muleta. Mas ele estava tão feliz quanto o resto da família ao se deliciarem com o ganso, conversando e rindo.

— Feliz Natal para todos nós, meus queridos – disse Bob para a família. – Deus nos abençoe!

— Deus abençoe a cada um de nós! – respondeu Tiny Tim.

— Devemos brindar ao sr. Scrooge – disse Bob. – Obrigado, sr. Scrooge, por pagar meu salário para que eu pudesse comprar este delicioso banquete.

— Você está agradecendo ao sr. Scrooge? – perguntou a sra. Cratchit. – Gostaria de tê-lo aqui. Eu daria a ele um pedaço da minha mente para comemorar a péssima maneira como ele trata você.

Scrooge, invisível em um canto, ficou envergonhado ao ver como a

simples menção de seu nome pareceu lançar uma tristeza sobre os Cratchits.

Eles não eram uma família bonita e bem-vestida. Mas eram sorridentes, felizes e agradecidos à vida. Enquanto estavam indo embora, Scrooge ficou de olho naquela família, especialmente em Tiny Tim, até o último segundo.

Lá fora, nevava novamente.

— Pense em como este dia está sendo comemorado em todos os lugares – disse o Espírito do Natal Presente. – Nas aldeias mais distantes, mesmo nos faróis e navios em alto-mar. E mais perto de casa também.

Agora Scrooge e o espírito estavam dentro de outra casa. Ela era muito maior do que a que eles tinham acabado de visitar. Pouco depois, Scrooge reconheceu o sobrinho e sua linda esposa. As irmãs dela e outros convidados estavam lá também. Fred ria e contava uma história. Uma história sobre o tio.

— Ele me disse que o Natal é uma bobagem. E acredita nisso! Ele recusou meu convite para jantar conosco, como sempre faz. Mas vou dar a ele a mesma chance todos os anos, quer ele goste ou não.

— Por quê? – alguém perguntou.

— Porque tenho pena dele — disse Fred de forma sincera.

Havia música e cantoria nesta casa também. Depois do jantar, as pessoas se divertiram com brincadeiras como cabra-cega e uma outra chamada "Sim e não". Nesse jogo, o sobrinho de Scrooge pensava em algo. Todo mundo tinha que descobrir o que

era, mas Fred só podia responder as perguntas com "sim" ou "não".

Fred disse que estava pensando em um animal, um bicho nada amigável. Um animal que às vezes rosnava e grunhia, às vezes falava, morava em Londres e andava pelas ruas. Não, não era um cavalo, ou uma vaca, ou um touro, ou um tigre, ou um cachorro, ou um porco, ou um gato.

— Eu sei o que é, Fred – disse uma das irmãs de sua esposa. – É o seu tio Scrooge!

Nesse momento, todos riram. No entanto, eles ainda fizeram um brinde a Scrooge. O velho, invisível na sala, ficou tocado.

Era hora de se retirar novamente. Ele e o espírito saíram da casa do sobrinho Fred.

Scrooge notou que, de repente, o Espírito do Natal parecia muito mais velho. Como se pudesse ler sua mente, o fantasma disse:

— Minha vida nesta terra é muito breve. Ela termina hoje à meia-noite, quando este dia de Natal acabar.

O sino da igreja bateu doze vezes.

Scrooge procurou o fantasma, mas ele já havia sumido. Quando a última badalada tocou, ele viu uma criatura solene, encapuzada e fantasmagórica, movendo-se como uma névoa em sua direção.

O Terceiro dos Três Espíritos

O terceiro fantasma aproximou-se lenta e silenciosamente. Ele usava uma capa preta comprida que cobria sua cabeça, cobria seu corpo, cobria tudo, exceto sua mão estendida.

Scrooge quase ficou de joelhos de tanto medo.

Ele disse com a voz trêmula:

— Você é o Espírito do Natal Futuro e está prestes a me mostrar coisas que ainda não aconteceram.

A cabeça coberta do espírito pareceu concordar. Então Scrooge foi levado pela sombra daquela capa.

Eles chegaram ao coração da cidade, perto da Bolsa de Valores, onde os homens de negócios trabalhavam.

A mão do fantasma apontou para um grupo de empresários. Eles estavam conversando.

— De qualquer forma, não sei muito sobre isso — disse um homem de queixo grande. – Só sei que ele está morto.

— Quando ele morreu? – perguntou outro.

— Ontem à noite, acredito.

— E o que ele fez com o dinheiro?

— Não consegui ouvir – disse o homem de queixo grande. — Tudo o que eu sei é que ele não deixou o dinheiro para mim. E é provável que seja um funeral muito simples. Ele não tinha amigos, então não conheço ninguém que estará lá.

Os homens riram e se afastaram.

"De quem eles estavam falando?" Scrooge perguntou a si mesmo. Quem morreu? Não podia ser o velho Jacob Marley, pois já fazia sete anos que ele tinha morrido. E esse espírito estava mostrando a ele coisas que ainda não tinham acontecido.

O Espírito do Natal Futuro o levou para a parte mais pobre da cidade, para uma loja cheia de velharias. Ao redor deles, havia coisas como garrafas antigas e cobertores puídos, chaves e dobradiças enferrujadas.

Uma mulher entrou na loja e mostrou um rolo de um material escuro.

— O que é isso? – disse um homem rude, fumando um cachimbo, atrás do balcão.

— Cortinas para cama – disse a mulher. – Não se preocupe. Elas não são minhas. O dono está morto. Eu as peguei enquanto ele ainda estava deitado. Aqui estão alguns cobertores e uma camisa dele também. Quanto você me dá por tudo?

Scrooge nunca ouviu a resposta. Em vez disso, o espírito o transportou para a própria cama, sem as cortinas. Uma pessoa estava estirada em cima dela, sob um lençol esfarrapado.

Quem estava embaixo do lençol?

Ele achava que sabia, mas não queria acreditar.

Scrooge virou-se para o espírito, que ainda pairava por ali:

— Alguém está triste com a morte desse homem?

Outra cena se desenrolou diante deles. Uma mulher com filhos,

esperando ansiosamente que o marido voltasse para casa.

O homem entra pela porta e a esposa pergunta:

— As notícias são boas ou ruins?

Scrooge reconheceu o jovem. Era uma das muitas pessoas a quem ele tinha emprestado dinheiro. Uma

grande quantia. Dinheiro a ser pago no prazo e sem desculpas.

O marido não disse nada.

— Ele vai ter alguma piedade conosco? – perguntou a mulher. – Vai nos dar mais tempo para pagá-lo?

— Ele não pode nos dar mais tempo porque está morto – disse o marido.

Ebenezer Scrooge viu a mulher sorrir levemente e apenas por um instante.

Então, ela pareceu ficar envergonhada por estar feliz com a morte de alguém a quem devia.

As pessoas não estavam tristes por aquele homem estar morto, algumas estavam até *contentes*.

A cena mudou mais uma vez. Agora eles estavam perto do escritório de Scrooge, aquele que ele dividia com Jacob Marley. O espírito apontou para a janela. Scrooge correu para olhar.

E não reconheceu a mobília.
Também não reconheceu a pessoa lá
dentro.

Por fim, eles chegaram a um cemitério coberto de vegetação. O espírito apontou para uma lápide.

— Antes que eu me aproxime, quero que me diga: as coisas que você me mostrou *vão* acontecer? Ou são coisas que *podem* acontecer? – perguntou Scrooge.

Entretanto, o fantasma ficou em silêncio e apontou para o túmulo. Scrooge andou lentamente em direção a ele, tremendo no caminho.

Seguindo a direção do dedo, ele leu o nome na pedra da sepultura abandonada: Ebenezer Scrooge.

Scrooge tentou agarrar a mão fantasmagórica ao lado dele.

— Não sou mais o homem que era – ele implorou. – Me dê outra chance e serei um homem melhor. Honrarei o Natal em meu coração e tentarei ser gentil e alegre o ano todo. Qualquer coisa para evitar o futuro que você me mostrou.

Scrooge viu uma mudança na capa comprida. Ela se encolheu e se transformou em uma cabeceira.

Sua própria cabeceira.

Ele estava em casa novamente.

O Fim

Sim, a cabeceira da cama era dele,
a cama era dele e o quarto era dele.
E o melhor de tudo: ele estava vivo.
Scrooge estava tendo outra chance!
Ele seria um homem melhor.

Correndo para a janela, ele a
abriu e se inclinou para fora. Sem
frio, sem neblina. Era uma manhã
clara, brilhante e ensolarada.

— Que dia é hoje? – perguntou Scrooge, chamando um menino que estava lá fora.

— Hoje? – respondeu o menino. – É Natal, oras!

—Natal?! – disse Scrooge para si mesmo. – Eu não o perdi. Os espíritos fizeram tudo em uma noite. Eles podem fazer o que quiserem. Claro que podem. Olá, aí embaixo.

— Olá! – respondeu o menino.

Scrooge disse ao menino para correr até o açougue da outra rua e comprar o maior peru que encontrasse. Quando ele voltou, Scrooge anotou o endereço de Bob Cratchit. E pediu ao menino para entregar o peru na casa de seu secretário. Scrooge pagou por tudo e ficou feliz em ser generoso.

Ele saiu pelas ruas dizendo "Bom dia!" e "Feliz Natal!" a todos que encontrava. Ele ficou surpreso ao perceber o quanto estava feliz.

Ele até criou coragem para ir à casa de seu sobrinho Fred. E decidiu que, apesar de tudo, iria se juntar à família para jantar. Fred e sua família ficaram felizes em ver o tio, e ele ficou feliz em vê-los.

Eles conversaram, riram e cantaram juntos. Era exatamente a cena que Scrooge testemunhara com o segundo espírito. Só que, dessa vez, ele não estava invisível em um canto, cheio de arrependimento.

O dia seguinte era o Dia da Caixa (*Boxing Day* é o termo utilizado em vários países para designar um feriado comemorado no dia seguinte ao Natal, ou seja, em 26 de dezembro). Scrooge chegou ao escritório muito cedo. Bob Cratchit ainda não estava trabalhando.

Quando o secretário apareceu, Scrooge, que estava sentado em sua sala, resmungou: — Que hora do dia você acha que é? Você está atrasado!

— Sinto muito, senhor – disse Bob. – Só estou um pouco atrasado.

— Só um *pouco* atrasado! – Scrooge retrucou. – Eu não vou mais aguentar esse tipo de coisa.

Bob começou a tremer.

— Sim, as coisas vão mudar – disse Scrooge, levantando-se da cadeira.

Ele cutucou Bob nas costelas com tanta força que o homem cambaleou para trás.

— Vou lhe dar um aumento!

Bob estava assustado demais para responder.

— Feliz Natal, Bob! – disse Scrooge, dando um tapinha nas costas do secretário. – Um Natal mais feliz, meu bom amigo, do que jamais desejei a você! Vou aumentar seu salário e tentar ajudar sua família. Antes, porém, pode acender a lareira? Vamos aquecer este lugar!

Scrooge foi tão bom quanto sua palavra. Não, ele não foi tão bom quanto sua palavra... ele foi melhor. Ele fez tudo e muito mais. Para Tiny Tim, ele se tornou como um segundo pai e um amigo de toda a família Cratchit.

Na verdade, ele se tornou um amigo melhor, um patrão melhor

e um homem melhor do que você jamais imaginaria.

Ele não foi mais visitado por espíritos do Natal, seja do passado, presente ou futuro. Por toda parte, Ebenezer Scrooge ficou conhecido como um homem que sabia celebrar o Natal da maneira certa: com amor, risos e generosidade.

Que isso seja dito de todos nós!

E como Tiny Tim disse:

— Deus abençoe cada um de nós!

Charles Dickens

Charles Dickens nasceu na cidade de Portsmouth (Inglaterra), em 1812. Como muitos de seus personagens, sua família era pobre e ele teve uma infância difícil. Já adulto, tornou-se conhecido em todo o mundo por seus livros. Ele é lembrado como um dos escritores mais importantes de sua época.

Para conhecer outros livros do autor e da coleção *Grandes Clássicos*, acesse: www.girassolbrasil.com.br.